EL DÍA TERRIBLE

ESCRITO POR **Carmen Agra Deedy**

DE RITA Y RAFI

ILUSTRADO POR **Pete Oswald**

SCHOLASTIC INC.

En dos casitas,

en dos lomitas,

vivían dos buenos amigos.

Todas las mañanas, Rita y Rafi

abrían la puerta,

salían de su casa,

cerraban la puerta

y corrían...

loma abajo   y loma arriba,

y loma abajo   y loma arriba.

Se encontraban bajo el manzano y chocaban las palmas,

enlazaban los meñiques,

bailaban chachachá,

jugaban al corre que te pillo zombi

y hacían cadenetas de margaritas.

Hasta un día

en que jugaron un *nuevo* juego con...

palitos y piedras.

—¡Aaaaaay! —gimió Rita.

—AY, NO.

Rafi se quedó paralizado.

Esto pintaba mal. Muy mal.

Entonces ambos corrieron...

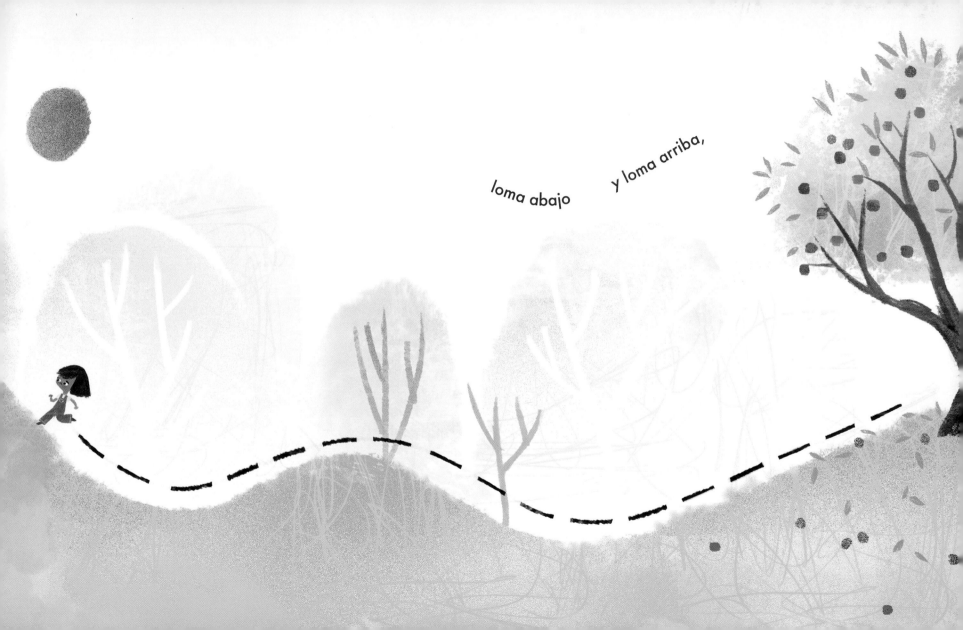

loma abajo   y loma arriba,

y loma abajo

y loma arriba.

Abrieron la puerta,

entraron a su casa

y cerraron la puerta.

Rita estaba enojada.

Y Rafi estaba... apenado.

Así que Rafi abrió la puerta,

salió de su casa

y cerró la puerta.

Le tomaría cien años llegar a casa de Rita.

Pero ella era su mejor amiga.

Por eso caminó...

loma abajo

y loma arriba,

y loma abajo

y loma arriba,

y loma abajo

y loma arriba,

y loma abajo

YYYYYYY loma arriba.

La larga caminata puso a Rafi

un poco gruñón.

—¡LO SIENTO! —rugió al llegar.

Pero no

sonó

arrepentido.

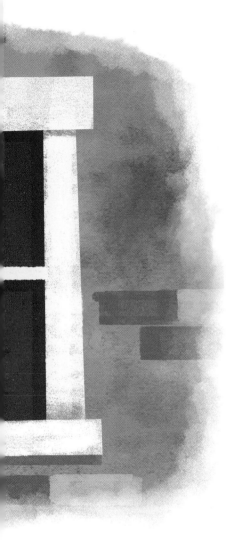

Rita NO

abrió la puerta.

—Grrrrrrr

—soltó Rafi,
y se fue dando

pisotones...

loma abajo   y loma arriba,   y loma abajo   y loma arriba,

y loma abajo

y loma arriba,

y loma abajo

YYYYYY loma arriba.

Abrió la puerta,

entró a su casa

y cerró la puerta.

Ahora Rafi estaba enojado.

Y Rita estaba… *un poco* apenada.

Así que abrió la puerta,

salió de su casa,

cerró la puerta

y corrió...

loma abajo y loma arriba, y loma abajo y loma arriba,

y loma abajo

y loma arriba,

y loma abajo

YYYYYYY loma arriba.

Mientras corría,

Rita pensó en Rafi

y en la piedra.

Nada más de pensar en eso

se sintió enojada

otra vez.

—¡DEVUÉLVEME MI PIÑA DE PINO!

—gritó.

Rafi abrió la puerta

y cerró la puerta.

Y Rita se marchó...

loma abajo   y loma arriba,   y loma abajo   y loma arriba,

y loma abajo

y loma arriba,

y loma abajo

YYYYYYY loma arriba.

Rita abrió la puerta,

se metió a su casa

y tiró la puerta.

Ahora Rita estaba enojada.

Y Rafi estaba enojado.

Y Rita estaba triste.

Y Rafi estaba triste.

Y en las dos casitas, en las dos lomitas, nadie pegó un ojo.

Había sido un día terrible.

Cuando parecía

que nunca nada volvería a ser igual,

amaneció un nuevo día.

Rita y Rafi

abrieron la puerta,

salieron de su casa,

cerraron la puerta

y anduvieron...

loma abajo   y loma arriba,

y loma abajo   y loma arriba.

—¡Lo siento! —dijo Rita.

—¡Yo lo siento más! —dijo Rafi.

Y ambos lo dijeron de corazón.

Entonces chocaron las palmas,

enlazaron los meñiques

y bailaron chachachá,

y jugaron al corre que te pillo zombi

e hicieron cadenetas de margaritas.

Porque los buenos amigos *siempre* buscan la manera...

de encontrarse a medio camino.

con la ayuda
de los amigos

Nota de la autora

La mayoría de nosotros ha dicho y hecho cosas de las que nos arrepentimos. Sin embargo, nada nos hace sentir peor que cuando herimos a un amigo. No hace falta mucho esfuerzo para arruinar algo; pero arreglarlo toma tiempo, humildad y un montón de viajes loma arriba y loma abajo, camino a la reconciliación.

Este cuento, inspirado en el clásico juego "Mr. Wiggle & Mr. Waggle", puede ser leído en voz alta acompañado de los gestos que aparecen en esta página. Y quién sabe, ¡quizás hasta quieran añadir sus propios gestos!

  1. En dos casitas, en dos lomitas

 2. Abrieron la puerta

 3. Salieron de su casa

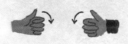 4. Cerraron la puerta

  5. Bajaron la loma

  6. Subieron la loma

 7. Y se encontraron a medio camino

Originally published in English as *Rita & Ralph's Rotten Day*
Translated by María Domínguez
Text copyright © 2020 by Carmen Agra Deedy
Illustrations copyright © 2020 by Pete Oswald
Translation copyright © 2021 by Scholastic Inc.

ISBN 978-1-338-63100-5

10 9 8 7 6 5 4 3 2 1   21 22 23 24 25

Printed in the U.S.A.   40 • First Spanish printing, 2021

Pete Oswald's illustrations were rendered digitally using gouache watercolor
textures. • The text type was set in Futura Medium. • The display type was
set in Khaki Std 1. • The book was printed on 157 gsm Golden Sun Matte
and bound at Command Web Offset. • Production was overseen by Jessie
Bowman. • Manufacturing was supervised by Janet Castiglione. • The
book was art directed and designed by Marijka Kostiw, and the original
edition was edited by Dianne Hess.

Para mis
nietos
Ruby,
Sam,
Grace,
Brady
y
Chloe.
— C.D.

Para
Nini
— P.O.

Un agradecimiento especial a Sherry Norfolk,
educadora, cuentista y
amiga muy generosa. — C.D.